Gillian Rubinstein

Jour de Chance

illustré par Rozier-Gaudriault

GALLIMARD JEUNESSE

FOLIO CADET

Avec mes remerciements à Lyn,
qui nous a appris à monter à cheval,
et à Helen qui nous a prêté Chance.

Les mots suivis d'un astérisque sont expliqués
dans un glossaire à la fin du livre.

Traduit de l'anglais
par Lilas Nord

Maquette : Laure Massin

ISBN : 2-07-051112-X
Titre original : *Pure Chance*
Édition originale publiée par Walker Books Ltd.

N° d'édition : 138162
Loi n° 49-956 du 16 juillet 1949
sur les publications destinées à la jeunesse
Dépôt légal : mai 2005
Imprimé en Espagne par NOVOPRINT (Barcelone)

CHAPITRE 1

– Quelle chance ! s'exclama Sarah. Tu te rends compte ? Tu as assez de place pour avoir un poney !

Sarah et Lizzie étaient parties explorer la nouvelle maison de Lizzie et son jardin. Celle-ci se trouvait à la campagne, sur la route des Prairies de Piggot, à quelques kilomètres de la banlieue où Lizzie habitait avant, et où Sarah habitait toujours.

Les deux petites filles étaient les meilleures amies du monde ; elles fréquentaient la même école et partageaient la même passion pour les chevaux.

– Et en plus, c'est juste à côté de chez Jane, ajouta Sarah, comme si c'était précisément la raison pour laquelle les parents de Lizzie avaient acheté la maison.

Aucune des deux ne possédait de cheval, mais Sarah prenait des cours d'équitation tous les samedis matin avec Jane Ramsay, qui participait à des compétitions de dressage et de concours complet*. Sarah montait un vieux cheval d'école nommé Copain, et son amie venait toujours la regarder prendre ses leçons. Elle adorait aider Sarah à préparer Copain et, souvent, elle avait même le droit de le monter de la carrière* jusqu'à la cour de l'écurie.

– Papa m'a dit que je ne pourrais pas avoir de poney, confia Lizzie à son amie. Il prétend que les chevaux, ça coûte trop cher.

– Quel dommage ! Alors que tu as ce terrain immense... soupira Sarah en embrassant d'un geste les paddocks qui entouraient la maison.

– Nous n'avons même pas trois hectares,

nuança Lizzie, alors qu'elle les contemplait avec un plaisir secret.

La maison, bordée d'un jardin composé de buissons et de fleurs indigènes d'Australie, avait été construite au milieu d'un grand terrain de deux hectares et demi. Il y avait un paddock* devant, et deux autres derrière, en pente. Au loin, la mer miroitait sous le soleil de l'après-midi.

– C'est bien suffisant pour un poney ! cria Sarah en courant pour ouvrir la grille qui donnait sur la cour.

« C'est vrai que c'est dommage, pensa Lizzie, d'avoir des paddocks couverts d'herbe bien verte, et aucun poney à mettre dedans ! »

– Et vous avez deux remises dans la cour, continuait Sarah. L'une pourrait servir d'écurie, et l'autre de sellerie*.

Elle ouvrit la porte de la plus petite et poussa un cri de surprise.

– Regarde ! C'était une sellerie ! Il y a encore les crochets, et tout ce qu'il faut…

Elle souleva le couvercle d'un des coffres alignés près du mur.

– Et là, tu rangerais tes brosses. Oh, Lizzie, quelqu'un a même laissé un cure-pied !

Elle lui tendit le petit instrument de métal.

– Peut-être que c'est le signe que tu vas avoir un poney rien qu'à toi. Tiens, je vais être ton premier client !

Elle leva son pied, la semelle de sa chaussure tournée vers le haut.

– Je vais faire le cheval. Comme ça, tu peux t'entraîner à me curer les pieds.

Lizzie fit semblant de curer les pieds de Sarah, puis elle la brossa avec une brosse imaginaire. La fillette se mit à trépigner et à s'ébrouer comme Copain quand il était heureux qu'on s'occupe de lui. Lizzie fabriqua un harnais avec un vieux morceau de ficelle qu'elle avait trouvé sur le sol poussiéreux et le passa autour des épaules de son amie.

– Allez, hue ! lança-t-elle, puis elle fit claquer sa langue.

Sarah trotta jusqu'à la grille du paddock

de devant où elle s'arrêta en hennissant bruyamment.

Le hennissement finit en gloussement quand Sarah jeta un œil en direction de la maison.

– J'espère que tes frères ne sont pas en train de nous regarder au moins !

Quand elles arrivèrent au premier paddock, Sarah avait déjà cessé de faire le

cheval. Un an plus tôt, elles auraient pu jouer ainsi pendant tout le reste de l'après-midi mais, maintenant, cela leur paraissait trop infantile. Alors, plutôt que de galoper autour du paddock, elles en firent sagement le tour.

– C'est parfait pour un poney, se lamentait Sarah. C'est tellement dommage que tu ne puisses pas en avoir un !

– Ça m'est égal, dit Lizzie. Je suis quand même très contente d'habiter ici. Même sans poney.

– Tu devrais commencer à prendre des leçons avec Jane, comme moi, lui conseilla Sarah.

– Oui, mais je crois que même les leçons seront trop chères pour mon père.

Rien ne lui aurait fait plus plaisir que de prendre des cours d'équitation, mais Lizzie était persuadée qu'elle n'en aurait jamais le droit. Sarah n'avait ni frère, ni sœur. Lizzie passait son temps à lui rappeler le prix des choses et à lui expliquer pourquoi elle, elle ne pouvait pas faire tout ce que son amie faisait. Les deux frères aînés de Lizzie pratiquaient tous les deux le basket et jouaient chacun d'un instrument. Leur père aimait d'ailleurs à plaisanter en disant que la règle, c'était un sport et un instrument par personne. Le problème, c'était que Lizzie n'avait trouvé ni un sport qui lui plaise vraiment, ni un instrument dont elle puisse jouer correctement. Elle avait essayé le handball, le base-ball, la flûte à bec et la guitare – mais rien ne lui avait vraiment réussi.

Neil avait seize ans et voulait apprendre à conduire, et Scott, qui avait quatorze ans, avait hâte de partir en camp avec son école. Les deux garçons avaient des appétits d'ogre et leur mère se plaignait tout le temps de ce qu'ils coûtaient, rien que pour la nourriture.

Emménager dans une nouvelle habitation demandait un gros investissement, ses parents le savaient bien, mais ils avaient tout de même dû se mettre à la recherche d'une maison plus grande. Maman l'avait bien dit, les garçons ne pouvaient plus continuer à partager la même chambre. Et puis, les voisins se plaignaient sans cesse du bruit de la batterie de Scott et de la trompette de Neil, alors papa avait décrété, pour plaisanter, qu'ils trouveraient une maison au beau milieu d'un paddock.

Et ils l'avaient trouvée, cette maison, au beau milieu de trois paddocks, en haut de la prairie qui séparait la banlieue de la vraie campagne. Mais il n'y avait pas la moindre chance que Lizzie puisse un jour avoir un poney.

CHAPITRE 2

Le lendemain matin, Lizzie passa voir sa mère avant de partir. Celle-ci se trouvait dans la véranda qu'elle avait transformée en atelier et travaillait à l'un de ses portraits d'enfant à la sanguine.

– Je vais chez Jane en vélo pour regarder Sarah prendre sa leçon.

Lizzie se pencha par-dessus l'épaule de sa mère pour la regarder dessiner. Il y avait sur la table la photo couleur d'un petit garçon et Lizzie pouvait voir le regard de sa mère glisser très rapidement du visage de la photo à celui qui naissait sur le papier.

Lizzie trouvait que sa mère était extrêmement douée. Elle aussi, elle aurait aimé savoir dessiner ou jouer d'un instrument de musique, mais il lui semblait que tous ces talents lui avaient échappé. Elle aurait tant aimé se trouver une activité rien qu'à elle, quelque chose qui lui convienne vraiment…

– Bien, dit sa mère en ajoutant quelques traits au dessin.

Puis elle se tourna vers Lizzie.

– Je sais bien que toi aussi, tu adorerais prendre des leçons d'équitation, ma chérie. Je suis vraiment désolée que nous n'en ayons pas les moyens. Peut-être l'année prochaine…

Le père de Lizzie apparut dans l'encadrement de la porte.

– Prête pour le café ? J'ai juste le temps d'en prendre un avant d'emmener les garçons au basket.

– Avec plaisir ! s'exclama sa mère en agitant ses doigts engourdis.

Le père de Lizzie se tourna vers elle.

– Tu veux venir voir jouer les garçons, Lizzie ? poursuivit-il.

– Je préfère regarder Sarah, répondit-elle.

Son père fronça les sourcils.

– Et moi, je préférerais que tu t'intéresses au basket.

– Je vais juste la regarder faire du cheval, papa ! Je ne suis pas en train de te demander des leçons d'équitation !

– Tant que ça reste bien clair pour toi, conclut son père. Mais comme ta mère l'a dit, peut-être que l'année prochaine…

L'année prochaine ? Cela paraissait si loin. Et puis les leçons de l'an prochain ne seraient pas moins chères que cette année, et d'ici là l'appétit d'ogre de Neil et de Scott aurait encore grandi.

Lizzie sortit, d'assez mauvaise humeur. Elle ouvrit la porte de la grande remise et fit claquer sa langue.

– Ho, Arc-en-ciel, ho, mon garçon, murmura-t-elle affectueusement à sa monture.

Lizzie, depuis longtemps, agissait comme si son vélo était un cheval. Au fil des ans, Scott et Neil l'avaient entièrement rebricolé avec quantité de pièces détachées et, du coup, il était multicolore. C'est pour cette raison qu'elle l'avait appelé Arc-en-ciel.

Elle conduisit Arc-en-ciel hors de la remise et vérifia que personne ne la regardait. Elle ne voulait surtout pas que Scott la voie. Il passait son temps à l'asticoter au sujet des chevaux. Elle entendit le bruit sourd du ballon de basket, juste à côté de la maison, près de l'abri du garage. Son père y avait installé un panier et les garçons étaient en train de s'entraîner.

Lizzie monta sur son vélo, sans rien dire, puis descendit l'allée de la maison. Quand elle fut sur la route des Prairies de Piggot, elle se laissa enfin aller.

– Allez, hue, Arc-en-ciel !

Et Arc-en-ciel se mit à « trotter ».

La route était bordée de larges allées cavalières. Lizzie pédalait le plus vite possible. Pour aller chez Jane, le chemin descendait tout du long. Arc-en-ciel était rapide comme l'éclair. Lizzie chantait à tue-tête. Elle se sentait libre et heureuse.

Le long de la route, il y avait plusieurs écuries de propriétaires, ainsi que des écuries de louage. Comme tous les samedis matin, elles étaient en pleine effervescence. Des cavalières s'entraînaient avec des chevaux dans des carrières de dressage, ou sur des parcours d'obstacles. Dans les cours, des gens se mettaient en selle, s'occupaient des chevaux, les lavaient, ou nettoyaient les écuries.

Lizzie se demanda si certains parmi eux l'avaient remarquée. Peut-être qu'ils s'étaient dit qu'elle devait se rendre là où se trouvait son cheval. Mais très peu d'entre eux étaient comme elle : en jean et en tennis. Ils portaient presque tous des pantalons de cheval et de hautes bottes noires, ou des bottes plus courtes de cuir marron. Ils avaient tous l'air terriblement sûrs d'eux, qu'ils soient en train de s'interpeller gaiement ou de parler à leurs chevaux. Et leurs montures leur obéissaient docilement, comme envoûtées.

« Le cheval, c'est vraiment magique », pensa Lizzie en descendant de son vélo pour traverser la rue qui menait chez Jane.

La voiture de la mère de Sarah était garée à l'extérieur et la fillette était déjà dans la carrière. De l'entrée, Lizzie pouvait déjà entendre la voix de Jane, haute et claire.

– Tes jambes, Sarah ! Sers-toi de tes jambes ! Non, ne tire pas comme ça sur sa bouche avec les rênes ! Assieds-toi bien profondément et sers-toi de tes jambes !

Lizzie fit un grand sourire. La monitrice répétait la même chose toutes les semaines. Elle ouvrit la grille et vint s'asseoir de l'autre côté de la carrière. La mère de Sarah était debout près de Jane, au milieu, dans le sable, et regardait Sarah faire trotter Copain en huit.

– Incurve l'encolure ! cria Jane. Il faut que tu indiques le pli* avant de tourner. Et n'oublie pas de trotter sur le bon diagonal*. Reste assise deux temps, puis lève-toi sur le troisième.

Sarah semblait mal à l'aise ; elle rebondissait sur sa selle.

– Ce n'est toujours pas ça, reprit Jane. Agrandis ta boucle et essaie de trouver la bonne sensation.

Lizzie remuait les lèvres en silence : « Agrandis ta boucle, mauvais diagonal. »

C'était pour elle des mots magiques, un peu comme des formules ou des sorts à prononcer. Si seulement on avait pu les lui dire à elle !

Mme Chapman lui fit un signe de la main et vint s'asseoir à côté d'elle. Lizzie avait un peu peur de la mère de Sarah. Mme Chapman faisait partie de ces gens qui pensent qu'il y a une bonne et une mauvaise façon de faire les choses et qui savent bien sûr toujours laquelle est la bonne. Tout ce que faisait Sarah devait l'être dans les règles. Elle revêtait toujours les tenues qui convenaient à chaque occasion. Et ce matin, elle était merveilleusement élégante dans un jodphur noir à fond rouge et des boots R. M. Williams marron.

Jane, par contre, portait une vieille culotte de cheval délavée, de longues bottes d'équitation en caoutchouc et un chapeau de bouvier bosselé. Ses cheveux roux étaient rassemblés en queue-de-cheval. Elle avait une peau claire qu'elle essayait sans succès de préserver des taches de rousseur, et des yeux bleu vif.

– Parle-lui avec tes mains, conseilla-t-elle à Sarah. Très doucement.

– Je ne vois pas vraiment ce que vous voulez dire, avoua Sarah.

– Viens là. Je vais monter à ta place et te montrer.

Sarah mit pied à terre.

– Réveille-toi ! dit Jane une fois en selle.

On aurait dit que, d'un coup, Copain était devenu un cheval complètement différent. Il semblait avoir rentré la croupe. Il courbait l'encolure et jouait avec son mors. Son pas s'était allégé.

– Tu vois la différence ? demanda Jane. (Elle mit Copain au petit galop et tourna autour d'elle.) Tu vois comment tu peux faire en sorte qu'il s'incurve.

Sarah commença à se plaindre :

– Mais il ne fait pas ça avec moi !

– C'est pour ça que tu prends des leçons, lui dit sa mère. Pour apprendre à le faire.

Sarah remonta sur Copain, mais elle n'arrivait pas du tout à faire ce que sa monitrice venait de lui montrer.

– C'est difficile quand on ne monte qu'une fois par semaine, conclut Jane à la fin de la leçon. Tu ne t'entraînes pas vraiment assez.

– Est-ce que Lizzie peut monter Copain jusqu'à la cour ? lui demanda Sarah.

– Oui, mais seulement si tu lui prêtes ta bombe.

Les yeux de Lizzie s'arrondirent de plaisir. Jane le remarqua et sourit. Elle regarda l'alezan* qui transpirait un peu.

– En fait, tu peux lui faire faire le tour de la carrière pendant quelques minutes pour lui permettre de souffler.

– C'est vrai, je peux ?

Les mains légèrement tremblantes, Lizzie mit la bombe de Sarah. Puis elle plaça son pied dans l'étrier et lança sa jambe en l'air pour monter sur Copain. Elle rassembla les rênes. Jane ajusta les étriers à la bonne hauteur.

– Une petite pression des jambes pour avancer, dit-elle.

Lizzie obéit et Copain se mit en marche. Derrière elle, Jane discutait avec Mme Chapman :

– Vous comptez acheter un poney à Sarah ?

– À condition de trouver le bon ! répondit Mme Chapman. Mais il faudrait d'abord un endroit pour pouvoir le garder.

– Vous pourriez le laisser ici, proposa Jane. J'ai encore de la place pour un cheval.

« Quelle chance elle a, cette Sarah ! » se dit Lizzie.

Elle décida alors de faire comme si Copain lui appartenait. Ils avaient fait une longue promenade et, maintenant, ils rentraient à la maison.

– Bon garçon, lui dit-elle gentiment en imitant Jane.

Les oreilles de Copain se dressèrent vers elle au son de sa voix. « Il m'écoute, pensa-t-elle. Il me sent ! Oh, j'espère qu'il m'aime bien ! » Elle essaya de ressembler à Jane quand elle avait monté l'alezan. Elle essaya de lui parler avec les mains. Le poney allongea le pas. Elle sentait ses hanches onduler.

– Beau travail, dit Jane quand ils passèrent à côté d'elle. Maintenant tu peux le ramener à la cour.

Mme Chapman fronça les sourcils, comme s'il n'était pas convenable que Jane félicite Lizzie, alors que celle-ci ne payait même pas pour prendre des leçons.

Quand Lizzie se laissa glisser du dos de Copain, Jane s'approcha d'elle.

– On dirait que tu as fait ça toute ta vie. Une chance de te voir prendre des leçons un jour ?

Lizzie secoua la tête.

– Papa dit que c'est trop cher.

– Quel dommage ! fit Mme Chapman.

– C'est drôle, remarqua la monitrice avec un grand sourire, on dirait que tous les pères disent la même chose. Tu saurais lui mettre sa couverture ?

– À mon père ? demanda Lizzie, avant de se rendre compte que Jane parlait de Copain.

– Viens, je vais te montrer.

Sarah finit de brosser l'alezan et graissa ses sabots. Jane attrapa la grande couverture de toile qui était posée sur une barrière et montra à Lizzie comment la placer bien droit sur Copain, et comment fixer les attaches des jambes en les passant l'une à travers l'autre pour qu'elles ne glissent pas. Puis elle boucla l'attache de devant.

– Tu peux l'emmener dans le paddock du moulin à vent, maintenant. Laisse-lui son licol*. Il a encore une leçon ce matin.

Copain, obéissant, suivit Lizzie. Dans le paddock, elle lui donna une carotte. Il la renifla avant de la prendre délicatement entre ses lèvres toutes douces et de se mettre à la mâchonner.

– Est-ce que je peux regarder la leçon suivante ? demanda Lizzie en revenant dans la cour.

– Bien sûr, répondit Jane.

– Moi aussi, je peux rester ? supplia Sarah.

Mais sa mère lui dit qu'il fallait rentrer : elles avaient encore des courses à faire.

– Tu as de la chance d'habiter si près, dit Sarah. Tu peux venir quand tu veux. Moi, il faut que j'attende que maman me conduise ici.

Lizzie regarda Jane donner ses leçons toute la matinée, puis elle l'aida à nourrir et soigner les chevaux. À l'heure du déjeuner, elle se dit qu'il valait mieux rentrer.

Elle reprit son vélo pour remonter la route des Prairies de Piggot. Il fallait monter la côte et elle était fatiguée : Arc-en-ciel ne filait plus vraiment comme l'éclair, mais se contentait d'avancer d'un pas lent. Lizzie pensait à ce qu'elle avait ressenti en montant Copain. Pendant le trajet, elle observait les chevaux, faisant à chaque fois comme si c'était le sien.

■■■ CHAPITRE 3 ■

Dans le dernier paddock, juste de l'autre côté de la route, en face de l'allée qui menait à sa maison, Lizzie remarqua un petit cheval bai* qui se tenait près de la clôture et s'arrêta pour lui parler.

Elle laissa Arc-en-ciel s'allonger sur le sol pour se reposer un peu. Il lui restait une carotte dans la poche qu'elle offrit au petit cheval. Il la regarda, hésitant, puis rejeta la tête en arrière.

– Allez, dit-elle fermement.

Elle avait pris un ton nouveau, proche de celui de Jane. Le cheval s'approcha d'elle et prit la carotte. Elle tendit le bras et lui flatta l'encolure. Il tourna légèrement la tête pour pouvoir l'observer de ses yeux marron foncé. Une large liste* blanche lui couvrait presque tout le chanfrein* et il avait trois balzanes* blanches. Sa robe* était d'un marron fauve et ses jambes plus foncées, presque noires. Il était très mal soigné. Sa crinière et sa queue étaient tout emmêlées et sa robe couverte de boue.

– Toi, tu aurais besoin d'un bon coup de brosse, dit Lizzie à haute voix. Il n'y a personne pour s'occuper de toi ?

« Quel dommage ! », pensa-t-elle. Quelqu'un possédait ce cheval et ne s'en occupait pas, alors qu'elle aurait adoré s'occuper d'un cheval et n'en possédait pas.

Elle se retourna en entendant une voiture se garer derrière elle. C'était une petite voiture jaune. Une femme, qui semblait avoir le même âge que Jane, s'extirpa à grand-peine du véhicule. Elle avait du mal à marcher et s'aidait d'une canne.

– Bonjour, dit-elle.

Son visage émacié, marqué de larges cernes noirs, faisait par contraste ressortir

ses yeux vert-noisette pleins de vie et de chaleur. Sa voix aussi était chaleureuse et amicale.

– Tu as fais connaissance avec Canaille ?

– Bonjour. C'est votre cheval ? demanda Lizzie.

– Je le crains, répondit la jeune femme. Il fait peine à voir, n'est-ce pas ?

– C'est son nom, Canaille ?

– Son nom officiel, pour les présenta-

tions, c'est Chance, mais moi, je l'appelle toujours Canaille.

– Pourquoi Canaille ?

– Je ne sais pas. Je trouve que ça lui va comme un gant.

La jeune femme sourit, révélant une denture assez irrégulière.

Canaille avança la tête et vint la frotter contre le bras de Lizzie.

– Il t'aime bien, remarqua la jeune femme.

Pourtant, c'est une vraie tête de mule. Il est très difficile à attraper. C'est vraiment tout ce qui cloche avec lui, malheureusement. Et puis, je ne peux plus le monter.

Elle agita sa canne en l'air pour illustrer son propos.

– Je me suis fracturé la cheville l'an dernier et, depuis, elle ne s'est jamais vraiment bien remise. Personne ne peut plus monter Canaille parce qu'il ne se laisse pas attraper. Je ne sais pas ce que je vais faire de lui.

Elle resta silencieuse un moment, puis elle regarda le cheval qui restait placidement près de Lizzie et qui se laissait caresser.

– Il y a un licol sur la banquette arrière de la voiture, dit-elle à Lizzie. Tu crois que tu pourrais aller le chercher et le lui mettre ?

– Bien sûr, répondit la fillette qui se dirigea vers la voiture.

– Mets-lui d'abord la longe autour du cou, conseilla doucement la jeune femme. Une fois que tu l'auras fait, il se tiendra tranquille. Mais le problème, c'est de pouvoir l'approcher d'assez près. Je ne peux vraiment pas me mettre à lui courir après dans tout le paddock.

Canaille s'ébroua un peu en voyant le licol dans la main de Lizzie, et elle crut un instant qu'il allait s'enfuir.

– Ne bouge pas, lui ordonna-t-elle en imitant le ton de Jane du mieux qu'elle pouvait, puis elle passa rapidement la longe autour de son encolure.

Canaille baissa aussitôt la tête vers Lizzie. Elle n'eut même pas à tendre le bras pour lui mettre son licol. Elle remonta la boucle et attacha la longe. Il n'avait pas bougé.

La jeune femme n'en revenait pas. Elle secouait la tête.

– Je n'arrive pas à croire qu'il t'ait laissée faire ! Tu crois que tu pourrais le conduire à la grille pour l'attacher ? Comme ça, je pourrai enfin le brosser.

– Je peux vous aider ? demanda Lizzie avec empressement.

Elle était tombée amoureuse de ce cheval,

qui s'était laissé attraper alors qu'il ne se laissait jamais faire d'habitude.

– Merci, répondit la jeune femme. J'en serais ravie. Mais tu ne dois pas aller quelque part ? Chez toi ? Pour déjeuner, peut-être ?

– Oh, j'habite juste de l'autre côté de la route, expliqua Lizzie en montrant sa maison du doigt.

Le bâtiment était tout juste visible à travers les arbres.

– Bon, alors d'accord. Et merci ! Sur la banquette arrière, il y a un panier avec tout ce qu'il faut pour le brosser. Tu pourrais me le porter de l'autre côté de la grille ? Ah, au fait, moi, c'est Mary.

– Et moi, c'est Lizzie.

Lizzie conduisit Canaille à la grille et l'attacha. Elle alla ensuite chercher le matériel de pansage* et commença à le brosser.

– Vous habitez par ici ? demanda-t-elle à Mary, ne sachant pas si le paddock lui appartenait.

– Non, j'habite en ville. J'ai un appartement près de l'endroit où je travaille. Je suis obligée de louer ce paddock pour laisser Canaille ici. J'essaie bien de venir tous les jours pour voir s'il va bien mais, depuis mon accident, c'est devenu plus difficile.

– Une chute de cheval ?

Mary se mit à rire.

– Non, pas une seule fois je ne suis tombée de Canaille et, pourtant, je l'ai monté pendant des années. J'ai été renversée par une voiture. Ça m'a complètement ruiné la cheville. Il faut d'ailleurs bientôt que je retourne à l'hôpital pour qu'on essaie encore de réduire la fracture.

– C'est terrible !

– Oui, mais surtout, ça me complique la vie et m'empêche de bien m'occuper de Canaille, expliqua Mary en commençant à défaire les nœuds de sa crinière et de sa queue.

Lizzie sortit son cure-pied porte-bonheur de sa poche et nettoya les pieds du petit cheval. Ses fers étaient très abîmés et il lui en manquait même un.

– Il ne s'est pas laissé faire par le maréchal-ferrant* non plus, expliqua Mary. Il faut pourtant que je le fasse ferrer. Peut-être que tu pourrais encore l'attraper pour moi, un de ces jours.

– Oh oui, fit Lizzie, s'il veut bien me laisser faire.

– Je ne me fais pas trop de souci pour ça, dit Mary. Tu lui plais beaucoup, pas de doute là-dessus.

Canaille appuya sa tête sur l'épaule de Lizzie et se frotta contre elle.

■ CHAPITRE 4 ■■■

Lizzie avait hâte de retrouver Sarah à l'école, lundi, pour tout lui raconter sur sa rencontre avec Canaille. Mais Sarah avait une nouvelle encore bien plus intéressante à lui apprendre. Elle se précipita vers son amie dès qu'elle l'aperçut.

– Jane m'a trouvé un poney ! L'un de ses amis veut le vendre, et elle pense qu'il serait parfait pour moi. On va aller le voir après l'école. Tu peux venir avec nous ?

C'est vrai qu'après cela, Canaille paraissait beaucoup moins important.

Le poney était gris et s'appelait Fantasia. Il avait treize ans et mesurait environ un mètre vingt au garrot. Sarah, les yeux brillants, le monta dans le pré de l'ami de Jane.

– C'est un bon petit poney très complet, commenta Jane. Fantasia a fait beaucoup d'instruction et un peu de concours. Elle serait vraiment parfaite pour Sarah. Mais elle n'est pas donnée.

– Si c'est bien le bon cheval pour ma fille, je suis prête à y mettre le prix, expliqua Mme Chapman.

« Quelle chance elle a, cette Sarah », songea de nouveau Lizzie. Elle avait peine à croire que, comme ça, d'un coup, Sarah allait avoir son propre poney. Elle n'avait même pas de place pour le loger ! Sarah avait un poney et pas de paddock, alors que Lizzie avait trois paddocks et pas de poney. Tout cela lui paraissait franchement injuste.

Alors qu'elle s'en plaignait plus tard à la maison, son frère Scott lui répondit qu'il n'y avait vraiment pas de quoi.

– Enfin, réjouis-toi ! Sarah a peut-être

Fantasia, mais toi, tu as le célèbre pur-sang Arc-en-ciel !

Lizzie dut faire appel à tout son sang-froid pour ne pas envoyer à son frère un bon coup de pied dans les tibias. Elle aurait aimé que Sarah ait le droit de laisser Fantasia chez elle, pour qu'elles puissent se la partager toutes les deux, mais Mme Chapman voulait que le nouveau poney aille chez Jane.

Après cela, Sarah prit ses leçons hebdomadaires sur Fantasia. Elle se mit également à monter après l'école, dans la carrière chez Jane, ou le long de la route. Lizzie l'accompagnait sur Arc-en-ciel mais, alors que le vélo faisait un cheval tout à fait honorable quand elle était seule, à côté d'un vrai poney, ce n'était plus qu'un vélo tout bête.

Depuis qu'elle avait Fantasia, Sarah avait changé. Elle qui avait toujours été si gentille avant était devenue assez désagréable. Si Fantasia tressaillait à cause d'un sac plastique dans le fossé, ou si elle trottait trop vite pour rentrer à l'écurie, c'était toujours la faute de Lizzie. Avant, quand elles n'avaient de poney ni l'une ni l'autre et qu'elles jouaient au cheval, les deux amies s'amusaient bien ensemble. Maintenant que Sarah avait un poney, les choses étaient différentes.

Il n'était pas question non plus de partager Fantasia. Une fois, Sarah avait laissé Lizzie la monter dans la carrière à la fin de sa leçon. Jane avait fait des compliments à Lizzie sur sa façon de se tenir en selle, et la mère de Sarah n'avait par la suite plus jamais voulu la laisser monter Fantasia.

– Sarah, il faut que tu comprennes que Lizzie n'apprend pas, comme toi, à bien monter à cheval, avait expliqué Mme Chapman. Elle pourrait gâter Fantasia. Après tout, nous l'avons payée très cher et nous ne voulons pas qu'elle prenne de mauvaises habitudes. Et puis, Lizzie pourrait tomber ou se faire mal. Et nous ne voudrions pas que cela arrive, n'est-ce pas ?

Plus tard, Jane avait gentiment réconforté Lizzie :

– Ne fais pas attention à la mère de Sarah. J'ai déjà vu ça des centaines de fois. Avoir un cheval est une grosse responsabilité. Au début, quand les gens ont leur propre cheval, ils s'inquiètent d'un rien et, du coup, ils se comportent vraiment d'une manière bizarre ! Sarah devrait participer avec Fantasia au challenge régional. Comme ça elle s'habituerait plus vite à son poney, et elle se calmerait un peu.

Les rencontres du challenge avaient lieu tous les dimanches matin, dans une propriété qui se trouvait un peu plus loin sur la route des Prairies de Piggot.

– Tu peux venir pour t'occuper de sangler Fantasia pour moi, avait dit Sarah à Lizzie.

Sangler. Encore un de ces mots magiques. Mais sangler le poney de Sarah s'était en fait très vite révélé loin d'être magique.

Sarah était descendue de chez Jane à poney et Lizzie avait dû la suivre à pied, parce que Sarah avait décrété que le vélo faisait peur à Fantasia.

Il y avait là beaucoup de chevaux, avec des cavaliers de tous âges qui portaient les T-Shirts bleu et jaune aux couleurs de la région. Sarah fut placée dans le groupe des juniors. En dehors du déjeuner, où Lizzie avait eu le droit de brosser Fantasia et de traîner pour elle un baquet d'eau d'un bout à l'autre du terrain, Sarah avait fait du cheval toute la journée, et son amie était restée assise à la regarder.

Ce n'est pas qu'elle n'aimait pas regarder les autres monter, loin de là. Elle avait trouvé cela très intéressant de pouvoir observer tous les chevaux et les différents cavaliers, de voir qui était en confiance et qui était nerveux, de repérer les chevaux vraiment calmes de ceux qui étaient susceptibles de s'effrayer d'un rien.

Mais Sarah l'avait ignorée et ne lui avait adressé la parole que pour lui donner des ordres.

Dans la matinée, les juniors s'étaient entraînés au saut. Sarah et Fantasia ne s'en étaient pas vraiment bien sorties. Fantasia n'avait pas arrêté de passer à côté de l'obstacle et, à un moment, Sarah avait même failli tomber.

– Je ne comprends pas, répétait sans cesse Mme Chapman à Lizzie. Fantasia est censée être un poney très complet. Mais on dirait qu'elle ne sait rien faire.

Lizzie aurait pu lui dire que ce n'était pas du tout la faute de Fantasia, mais plutôt celle de Sarah. Elle aurait aimé que Jane soit là pour donner quelques conseils à son élève, mais Jane était partie avec son cheval Junior à une journée de concours. Et Lizzie n'aurait pas su dire exactement à Mme Chapman quel était le problème. Elle voyait bien que Sarah était très nerveuse. Elle se tenait fermement aux rênes, comme si elle avait peur que Fantasia s'enfuie. Cela gênait et énervait la petite jument qui ne cessait de reculer et de piaffer pour essayer

de se libérer des mains qui pesaient sur le mors. Mais Sarah continuait de tirer sur les rênes et d'enfoncer ses talons dans les flancs de Fantasia pour la forcer à avancer.

Lizzie avait fini par ne plus pouvoir supporter ce spectacle. Elle s'était approchée de Sarah.

– Ne tire pas comme ça sur sa bouche. Laisse-la avancer !

C'était exactement ce que disait Jane à chaque leçon.

Sarah était devenue toute rouge.

– Parce que tu crois que tu sais tout mieux que tout le monde, peut-être !

Furieuse, elle avait obligé Fantasia à faire demi-tour, d'un coup sec sur les rênes, et s'était éloignée.

Après déjeuner, Sarah et Fantasia s'entraînèrent à des jeux équestres. Lizzie savait que Fantasia était très bonne dans ce domaine, parce qu'elle était à la fois rapide et peu craintive. Mais devoir faire la course surexcitait un peu tous les chevaux, et quelques-uns d'entre eux commencèrent à devenir incontrôlables. À la fin de la course de relais, Lizzie put apercevoir le visage de Sarah qui passait au grand galop. Elle était tendue et livide de peur.

Sarah réussit enfin à arrêter Fantasia, sauta à terre et rejoignit sa mère.

– Je crois que je vais la ramener à l'écurie, dit-elle. Elle en a eu assez pour aujourd'hui.

– Lizzie, ça t'ennuierait de ramener Fantasia avec elle ? demanda Mme Chapman.

C'est ainsi que Lizzie avait dû retourner à

pied jusque chez Jane. Fantasia était contente de rentrer à l'écurie et voulait accélérer l'allure. Comme Sarah tirait toujours autant sur les rênes, elle s'était mise à trottiner.

– Tu devrais la faire marcher rênes longues, lui conseilla Lizzie.

– C'est bien ce que j'essaie de faire ! protesta Sarah, les larmes aux yeux. C'est parce que tu marches à côté d'elle. C'est de ta faute !

Lizzie se laissa distancer et décocha quelques violents coups de pied à un caillou. Elle savait exactement comment elle, elle aurait fait pour calmer la petite Fantasia, comment elle, elle l'aurait facilement et gentiment ramenée au pas. Et Sarah n'avait vraiment pas à se montrer aussi désagréable. Après tout, c'était elle qui avait un poney maintenant. C'était tellement injuste !

CHAPITRE 5

Arrivée chez Jane, Lizzie aida Sarah à rentrer Fantasia. Elles ne s'adressèrent pas une seule fois la parole.

– Vous vous êtes disputées, toutes les deux ? demanda Mme Chapman avant de ramener sa fille. Je me doute bien que Lizzie doit être un peu jalouse.

– Je ne suis pas jalouse !

Elle avait dit cela sur un ton si dur qu'il laissait croire qu'elle l'était vraiment.

– Entretenir un cheval coûte très cher, expliqua Mme Chapman. Et avec une famille nombreuse comme la tienne, et tes deux parents qui sont au chômage, il est inutile d'y penser.

Ces quelques mots achevèrent de mettre Lizzie en colère. Elle reprit Arc-en-ciel qui était appuyé contre la grille, et s'éloigna en pédalant le plus fort possible pour tenter de se calmer. Au chômage ! Que ses parents travaillent à la maison ne voulait pas dire qu'ils étaient au chômage ! Et trois enfants, ce n'était pas beaucoup pour une famille nombreuse. « Je vais aller voir ce cher Canaille », décida-t-elle en prenant le dernier virage. Elle soufflait comme une baleine. « Lui, au moins, il saura me remonter le moral. »

La petite voiture jaune était garée au bord de la route et Mary se tenait près de la grille. Elle avait une bassine à la main, dans laquelle Canaille essayait de chiper de la nourriture, sans pour autant s'approcher suffisamment pour qu'elle l'attrape.

– Bonjour, Mary !

– Oh, Lizzie, dit-elle, regarde-moi ce vaurien…

Elle avait une drôle de voix. Lizzie com-

prit très vite qu'elle était au bord des larmes.

– Vous devez l'attraper ? Vous attendez le maréchal-ferrant ?

Deux semaines plus tôt, Lizzie avait attrapé Canaille un dimanche matin pour que le maréchal puisse le ferrer et lui administrer un vermifuge.

– Non, je n'ai pas de raison précise pour l'attraper aujourd'hui, mais je dois retourner à l'hôpital la semaine prochaine pour une nouvelle opération. Je ne veux pas le laisser ici sans personne pour s'en occuper, mais il faudra tout de même que la personne qui s'en occupera puisse l'approcher. J'espérais qu'en apportant chaque fois une bassine de nourriture avec moi, il finirait par accepter de se laisser faire. Mais regarde-le. Il sait bien que je ne peux pas lui courir après !

Mary resta silencieuse quelques minutes, puis elle essaya de plaisanter :

– Va, tu finiras chez l'équarrisseur*, gros bêta !

– Oh, non ! Pas ça ! s'écria Lizzie.

Canaille prit encore une bouchée de granulés et resta là, près d'elles, à mâcher. Il était si vif, et si beau… Lizzie ne pouvait pas supporter l'idée qu'il puisse un jour ne plus se trouver là, à brouter la bonne herbe, à sentir la chaleur du soleil sur sa belle robe baie.

– Je pourrais m'en occuper à votre place, si vous voulez.

Mary la regarda droit dans les yeux.

– Lizzie, tu crois que tes parents accepteraient que tu le gardes chez toi ?

Lizzie resta sans voix. La jeune femme crut qu'elle n'avait pas compris.

– Je veux dire que je te le laisse un moment. Cela ne vous coûterait rien. C'est moi qui paierai pour le maréchal-ferrant, son vermifuge et toutes ces choses-là.

– Mais je n'aurai pas le droit de le monter ?

– Mais si, bien sûr que tu en aurais le droit. J'ai une selle et une bride pour lui. Je te les prêterais.

Lizzie sentait son cœur battre si fort qu'elle avait l'impression qu'il allait exploser. Mary lui proposait de lui offrir – enfin, de lui prêter – Canaille ! Canaille qu'elle aimait tant !

– Oh, si seulement tu pouvais le prendre, soupira Mary. Je sais qu'il serait heureux avec toi.

Lizzie avait du mal à contenir son émotion, mais elle savait que le plus dur restait à faire.

– Il faut aller voir mes parents.

Sa mère travaillait dans le jardin. Elle fut surprise de voir Lizzie bondir de la petite voiture jaune.

– Maman, je te présente Mary, dit-elle.

La jeune femme se débattit pour sortir de la voiture, fit tomber sa canne qu'elle eut du mal à ramasser. Elle s'excusa en plaisantant :

– Je suis désolée, mais j'ai peur de ne plus valoir grand-chose.

– Venez vous asseoir, offrit la mère de

Lizzie en lançant un regard interrogateur à sa fille. Je vais vous faire une tasse de thé. Je suis sûre que ton père en prendra une aussi. Lizzie, cours le chercher.

Lizzie entra dans le bureau.

– Papa ?

Son père leva les yeux de son écran d'ordinateur.

– Salut, mon poussin !

– Maman est en train de faire du thé, dit-elle d'abord. Papa, il y a quelqu'un qui est venu te voir et qui a quelque chose de très important à te demander, enchaîna-t-elle rapidement. Je veux que tu me promettes de ne pas dire non tout de suite.

Il la regarda, méfiant.

– Cela n'aurait pas un rapport avec les chevaux, par hasard ?

– Comment tu as deviné ?

– J'ai remarqué dernièrement que c'est le seul sujet qui fait briller cette petite lumière dans tes yeux et ce grand sourire sur ton visage !

– Allez, papa, viens lui parler !

– Je viens prendre le thé, grogna son père, mais je ne peux pas te promettre de dire oui à quoi que ce soit si ça concerne les chevaux.

La discussion continua encore toute la soirée, bien après que Mary fut partie. Maman était assez partante pour que Lizzie emprunte Canaille.

– Ce serait bien pour Lizzie, ça aiderait Mary et le cheval nous éviterait d'avoir à faucher l'herbe des paddocks, qui devient envahissante.

Le père de Lizzie était loin d'être d'accord.

– Oui mais, on commence par s'occuper d'un cheval, et puis une chose en amène une autre. Elle voudra le monter, non ? Il lui faudra une tenue d'équitation. Après, je suis prêt à parier qu'elle voudra monter le dimanche avec Sarah. Ce qui veut dire des frais pour la licence* fédérale, pour l'uniforme et ainsi de suite. Et nous ne savons même pas si ce cheval est dangereux ou pas. Après tout, personne n'arrive à l'attraper.

– Personne sauf moi, corrigea Lizzie. Et Mary a dit que c'était un vrai plaisir de le monter.

– C'est un cheval donné, fit remarquer Neil. *Et à cheval donné, on ne regarde point la bouche*, dit le proverbe. C'était facile, je n'ai pas pu m'en empêcher !

– Je me suis toujours demandé pourquoi à cheval donné on voudrait ouvrir la bouche pour regarder les dents, ajouta Scott. Quel drôle de proverbe !

– C'est pour savoir quel âge il a, expliqua Lizzie.

– Et quel âge il a ? demanda son père.

– Mary m'a dit qu'il avait seize ans.

– Ce n'est pas un peu vieux ? Il ne risque pas de s'effondrer si tu lui montes dessus ?

– Il a le même âge que moi ! protesta Neil. Canaille est presque assez vieux pour passer son permis de conduire.

– Canaille ! répéta Scott. C'est pas mal pour un cheval !

– Son nom officiel, pour les concours, c'est Chance, ajouta Lizzie.

– Pour les concours ! lâcha son père en postillonnant. J'imagine que tu vas aussi vouloir te mettre à concourir ! Tu ferais aussi bien d'aller tout de suite jeter notre argent par la fenêtre.

– Calme-toi, dit la mère de Lizzie. Tu exagères tout. Pourquoi Lizzie n'aurait-elle pas le droit de s'occuper du cheval ici, pendant un petit moment au moins ?

– Mme Chapman avait raison, glissa tristement Lizzie. Elle a dit que je n'aurai jamais de cheval à moi parce que vous étiez au chômage.

– Au chômage ! Qu'est-ce que ça veut dire ? Elle n'a jamais entendu parler du travail à domicile, ou quoi ?

Son père était outré.

Lizzie lâcha un soupir et prit un ton mélodramatique :

– Et puis, avec une famille nombreuse comme la nôtre, il ne reste plus jamais d'argent à la maison.

– Trois enfants, ce n'est pas beaucoup pour une famille nombreuse, s'exclama son père. Il vaut bien mieux avoir trois enfants normaux qu'une seule enfant gâtée. Et puis, on peut savoir en quoi ça la regarde, celle-là ?

– Je ne fais que répéter ce qu'elle m'a dit, répliqua Lizzie. Et elle a raison, n'est-ce pas ?

Neil décida d'intervenir :

– Je pense que Lizzie devrait avoir le droit de s'occuper de ce cheval. Après tout, elle n'a aucune activité extrascolaire.

– Elle n'a jamais trouvé son truc, ajouta sa mère. Peut-être que son truc, c'est le cheval.

Lizzie insista énergiquement :

– Oui, c'est le cheval, c'est le cheval !

– Moi aussi, je pense qu'elle devrait l'amener ici, renchérit Scott. J'aime bien l'idée d'un cheval qui s'appelle Canaille.

Canaille, ça fait beaucoup plus cool qu'Arc-en-ciel.

Lizzie ne s'attendait pas à ce soutien inespéré. C'en fut trop et ses yeux s'emplirent de larmes.

– Papa, je te promets que je ne te demanderai pas d'argent. Je trouverai un petit boulot le samedi. Je travaillerai pour toi et pour maman. Je m'occuperai de lui toute seule. S'il te plaît, oh, s'il te plaît !

– Ne te mets pas à pleurer ! dit-il. Ce n'est pas comme ça qu'on tient une discussion raisonnable.

Il jeta un regard autour de la table.

– Il semble que je sois en minorité sur ce sujet. Mais si ce cheval n'est pas sûr ? Après tout, ma puce, tu ne sais pas vraiment monter à cheval.

– Personne ne s'y connaît vraiment en chevaux parmi nous, conclut la mère de Lizzie. Je crois que nous devrions prendre l'avis d'un expert. Peut-être que Jane pourrait nous conseiller.

– Ça veut dire que vous allez dire oui ? demanda Lizzie en regardant sa mère, puis son père. Vous allez vraiment dire oui ?

– On verra bien ce qu'en dira Jane, promit son père. Mais si elle pense que c'est dangereux, il est hors de question que tu le gardes ici, même pas comme tondeuse à gazon !

CHAPITRE 6

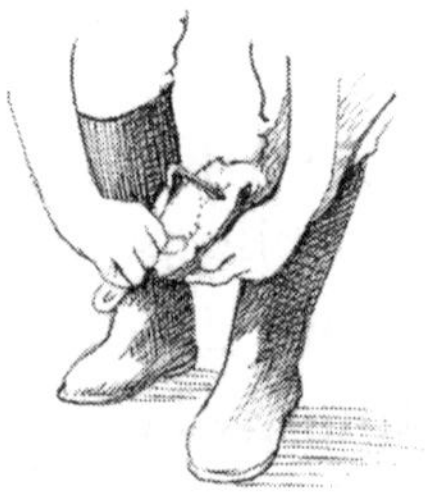

Jane accepta de venir le lendemain pour essayer Canaille. Lizzie appela tout de suite Mary pour le lui dire. La jeune femme trouva que c'était une très bonne idée et promit d'apporter la selle et la bride.

Le lendemain, à l'école, Lizzie dut encore passer toute la journée à attendre. Ce fut un véritable calvaire. Elle ne voulait pas en parler à Sarah, au cas où Canaille ne s'avérerait pas un bon cheval pour elle. Si Canaille ne pouvait être monté, elle n'aurait pas le droit de le garder, et elle avait peur qu'il finisse alors chez l'équarrisseur. Elle ne croyait pas Mary capable d'une chose pareille. Elle aimait trop son cheval pour cela, mais s'il arrivait quoi que ce soit à sa propriétaire, qui s'occuperait de Canaille ?

Elle ne voulait pas avoir à expliquer tout cela à Sarah. Alors elle ne dit rien, et se contenta de l'écouter raconter à leurs amis combien Fantasia avait été brillante le dimanche précédent, et comment elles allaient participer à la finale interclub au printemps.

– Jane pense que nous devrions aussi participer aux championnats de dressage.

Lizzie se dit que c'était certainement très bien. Mais ni l'interclub, ni les championnats ne l'intéressaient vraiment. Tout ce qu'elle voulait, c'était Canaille.

En descendant du bus scolaire, elle vit que la petite voiture jaune était déjà garée devant le paddock de Canaille. Peu après, le vieux camion de Jane prit le virage en vrombissant.

Lizzie courut ouvrir la grille et, une fois que la monitrice se fut garée et que Lizzie se fut débarrassée de son cartable, toutes deux se dirigèrent vers le paddock.

Quand elles arrivèrent à la grille, Jane s'exclama :

– Ah, c'est ce cheval !

– Vous le connaissez ? demanda Lizzie.

– Non, mais je l'avais déjà remarqué en passant. Il me paraissait un peu trop bien pour rester enfermé comme ça.

– Vous trouvez vraiment ?

– Il a l'air bien, mais c'est difficile d'en être sûre sans l'avoir monté.

Mary eut encore plus de mal que d'habitude à s'extirper de sa voiture.

– Je vois pourquoi vous ne montez plus, remarqua Jane avec sa franchise habituelle.

– J'espérais toujours pouvoir m'y remettre, expliqua la jeune femme. Mais je crois qu'il faut que j'accepte le fait que je ne monterai vraisemblablement jamais plus. C'est pour ça que je cherche une place pour Canaille.

– Il m'a l'air un peu grand pour Lizzie. Elle n'a vraiment aucune expérience.

– Il est très facile à monter. Il n'a pas de

défauts. Et il est tout à fait sûr sur la route. Le seul problème, c'est qu'il est très difficile à attraper.

– Vous plaisantez ? demanda Jane étonnée en voyant la fillette marcher droit sur Canaille et lui mettre son licol. Je n'ai pas l'impression que ce soit si difficile !

– Lizzie est la seule à pouvoir le faire, soupira Mary. Je ne sais pas ce qu'elle a de spécial, mais il l'aime vraiment beaucoup.

– Lizzie, fais-lui traverser la route et conduis-le jusqu'à ta maison. Autant commencer par vérifier que tu le maîtrises bien à pied, dit Jane.

– Avance, ordonna Lizzie.

Canaille la suivit alors pour franchir la grille et traverser la route. Il marchait prudemment à côté d'elle, sans jamais tirer sur la longe et en gardant bien la tête au niveau de l'épaule de Lizzie. Il s'arrêta à la grille et attendit poliment qu'elle l'ouvre. Puis il se remit en marche.

Il faisait attention à tout, les yeux grands ouverts, les oreilles tendues vers l'avant. Il s'arrêta une fois, quand le père de la fillette apparut sur la tondeuse à gazon mais, quand Lizzie fit claquer sa langue, il se remit à la suivre.

– Il paraît bien dressé, constata Jane une fois qu'elles l'eurent brossé et sellé. Depuis combien de temps il n'a pas été monté ?

– Depuis plus d'un an, répondit sa propriétaire. Mais même avant, je ne le montais pas très souvent. Je travaille dans une banque et ça fait déjà un moment que je suis assez occupée.

Jane commença par faire marcher

Canaille, puis elle le fit trotter doucement. Elle expliqua à Lizzie qu'il risquait d'être un peu raide, par manque d'exercice.

Puis elle allongea le trot et fit tourner le cheval en cercle, et en huit.

Canaille semblait flotter au-dessus du sol.

– Wouah ! s'exclama Jane. Quelles belles allures !

Elle rejoignit Mary et Lizzie quelques minutes plus tard.

– C'est un très bon cheval, conclut-elle, un peu surprise. Vous avez fait du dressage avec lui ?

– Pas vraiment, répondit Mary. J'ai juste essayé de lui apprendre quelques petites choses.

– Vous avez fait du beau travail ! Allez, Lizzie, monte, que je voie comment tu t'en sors.

Jane ajusta les étriers et Lizzie se retrouva bientôt, comme dans un rêve, sur le dos de Canaille. La monitrice marcha à côté d'elle le temps qu'elle s'habitue à sa nouvelle monture puis elle demanda à Lizzie d'aller au pas le long du paddock et de s'arrêter quand elle le lui demanderait.

– Assieds-toi bien profondément sur ta selle. Pour l'instant, tu ressembles à un bouton sur une citrouille, mais tu vas faire corps avec lui. Maintenant, ajuste tes rênes, arrête de bouger sur ta selle et essaie juste de penser « Stop ».

Et Canaille s'arrêta.

– Et maintenant, une petite pression des jambes et pense « Marche ».

Canaille se remit au pas.

Le père de Lizzie semblait inquiet.

– Elle fait vraiment toute petite sur lui, dit-il quand sa fille descendit du cheval.

– C'est vrai qu'il est encore un peu grand pour elle, reconnut Jane. Mais c'est un cheval magnifique. Je crois qu'elle arrivera à le maîtriser. Je la soupçonne d'être une bonne cavalière. Mais il lui faudra tout de même des leçons.

– Ah, j'en étais sûr, grogna son père.

Voilà les frais qui se profilent. Et quoi d'autre encore ?

– Une tenue d'équitation, une bombe, des bottes, etc. Ce serait bien qu'elle participe au challenge, donc il y aura en plus l'uniforme, la licence et ce genre de choses.

Lizzie scrutait le visage de son père. Il se renfrognait de plus en plus. Canaille frotta sa tête contre son épaule. Elle le caressa, toute triste. Elle savait que son père allait dire non. Elle ne pourrait pas le supporter. Elle aimait désespérément Canaille et préférait mille fois mourir plutôt que de le perdre.

– D'un autre côté, poursuivit Jane, vous avez trois bons paddocks qui n'ont pas été exploités. Cela ne vous coûtera pas cher de le nourrir. Et vous n'aurez pas besoin d'acheter de harnachement, puisque Mary vous prête ses affaires.

– Je prendrai en charge le maréchal-ferrant et le vétérinaire si besoin est, ajouta Mary.

– Si vous deviez acheter ce cheval, il vous coûterait au moins cinq mille dollars, fit remarquer Jane.

– C'est ce que Mme Chapman a payé pour Fantasia, dit Lizzie impressionnée.

– Fantasia est très complète, expliqua Jane. Mais elle n'a pas les allures de Canaille. Canaille est vraiment exceptionnel !

Tout le monde se tourna vers le cheval. Il se tenait la tête basse, légèrement appuyé sur l'épaule de la fillette. Il n'avait vraiment pas l'air exceptionnel.

– Si Lizzie continue à m'aider le samedi et le dimanche, je lui donnerai des leçons gratuitement, proposa Jane.

Le père de Lizzie regarda tous ces visages tendus vers lui.

– Tu devras tout faire toi-même, dit-il à sa fille.

– Je le ferai, je le ferai ! promit-elle, le cœur battant.

– Et tu ne nous demanderas ni à ta mère ni à moi de le faire à ta place quand il fera froid ou quand il pleuvra ?

– Non ! Je m'occuperai de Canaille tout le temps, et toute seule.

– Eh bien on dirait que tu t'es trouvé un cheval, alors, conclut son père. Et moi, je crois que j'ai complètement perdu la tête.

– Merci ! Merci ! s'écria Lizzie.

CHAPITRE 7

Du jour au lendemain, Lizzie se trouva très occupée. Chaque matin, dès qu'elle se réveillait, elle courait dire bonjour à Canaille. À l'école, elle passait toute la journée à penser à lui, et elle le montait chaque après-midi. D'abord, elle lui fit faire le tour des paddocks mais, dès qu'elle se fut habituée à lui, elle commença à l'emmener en promenade.

Canaille était à l'aise sur la route et ne bronchait jamais, même au passage des motos ou du camion de fourrage pour les chevaux qui montait chez Jane une fois par semaine avec un bruit de ferraille.

Lizzie appela Mary presque tous les jours avant que celle-ci n'entre à l'hôpital pour son opération, et elles eurent de longues conversations au cours desquelles la fillette lui racontait comment elle se débrouillait et lui donnait des nouvelles de Canaille.

Lizzie passait tous ses week-ends à travailler chez Jane. Canaille prit l'habitude d'être placé dans le même paddock que Copain et Fantasia pendant que Lizzie récurait les écuries, nettoyait l'équipement de Jane avant les compétitions, préparait la nourriture des chevaux ou les pansait. Elle ne se plaignait jamais de la charge de travail, même quand il faisait humide et que la cour et les chevaux étaient couverts de boue, parce qu'elle apprenait chaque jour davantage sur la manière dont on s'en occupe.

Canaille et Fantasia devinrent bons amis et ils étaient toujours ravis de se retrouver. Fantasia se comportait mieux en promenade si elle était avec Canaille. Mais Lizzie et Sarah n'étaient plus aussi proches depuis qu'elles avaient chacune leur cheval. Un petit fossé s'était creusé entre elles.

Jane donnait à Lizzie des leçons toutes les semaines et elle la laissait également s'entraîner dans la carrière. Souvent, elle arrivait alors pour lui expliquer ce qui n'allait pas, et cela se transformait tout naturellement en leçon, sans même qu'elles s'en aperçoivent.

– Canaille et toi formez un bon couple, dit Jane. Ça fait plaisir de vous voir progresser si vite. Tu pourras bientôt participer au challenge. Il faut que tu commences à tenter les concours d'entraînement. Comme ça, tu pourras t'inscrire aux championnats de dressage dans la catégorie « poney ».

– On n'est pas assez bons pour ça, protesta Lizzie.

– Canaille est assez bon, lui. Et si tu continues à faire des progrès comme tu le fais depuis le début, toi aussi tu seras assez bonne. Tu devrais aussi t'inscrire au concours interclub. Ce serait un bon entraînement pour toi.

Lizzie resta silencieuse. Sarah ne cessait de parler de ce concours. Elle était d'ailleurs bien décidée à l'emporter avec Fantasia. Plusieurs autres filles allaient aussi participer, mais tout le monde savait que Fantasia était le meilleur poney. Sarah avait en plus tout l'équipement nécessaire. Lizzie savait qu'il y avait un certain nombre de choses spécifiques à avoir pour le cheval, et qu'il fallait que le cavalier soit parfaitement habillé, avec une veste d'équitation, une culotte blanche et des bottes. Plus l'équipement était de bonne qualité, plus on avait de chances de gagner, disait Sarah. Le vainqueur de la compétition participerait ensuite à la finale régionale.

La mère de Lizzie l'avait déjà emmenée chez le sellier, où elles avaient acheté d'occasion une culotte d'équitation et des bottes vraiment trop grandes pour elle. Il fallait d'abord qu'elle enfile deux grosses paires de chaussettes pour qu'elles lui aillent à peu près. Elles avaient également acheté une bombe blanche toute neuve et toute brillante. Pendant que sa mère réglait à la caisse, Lizzie en profita pour regarder quelques-unes des vestes d'équitation. Elles coûtaient une fortune. Et avec, il fallait porter une bombe en velours, pas une blanche, même flambant neuve.

– Ma mère et mon père ne peuvent pas acheter tout l'équipement, essaya-t-elle d'expliquer à Jane.

Jane se montra compréhensive.

– Commence déjà par participer au challenge. Après, on verra.

Toutes les semaines, il y avait soit entraînement, soit compétition. Lizzie ne se débrouillait vraiment bien ni dans l'un ni dans l'autre. Canaille était loin d'adorer le saut d'obstacles et il refusait de faire quoi que ce soit qui ne lui plaise pas. Dans les jeux équestres, il était sûr et précis, mais pas très rapide. Et Lizzie avait encore trop peu d'expérience pour savoir comment le monter en toute confiance. En revanche, il se montra très bon le jour de l'entraînement de dressage. Même si Lizzie avait oublié une partie de l'épreuve, elle obtint tout de même la deuxième meilleure place en junior, ce qui était mieux que Sarah sur Fantasia.

Elle emporta les résultats du dressage avec elle en allant voir Mary à l'hôpital.

– Il a eu de très bonnes notes, constata Mary. C'est fantastique !

Elle était plus maigre que jamais, mais ses yeux restaient vifs et joyeux.

Lizzie s'appliquait à dessiner un portrait de Canaille sur le plâtre de Mary.

– Jane veut que je participe au concours interclub. Tu crois que je devrais y aller ?

– C'est à toi de voir, répondit Mary.

Elle arborait une curieuse expression, comme si elle se retenait de dire quelque chose. Elle finit pourtant par lâcher ce qu'elle avait sur le cœur :

– Lizzie, Canaille n'a jamais rien gagné. J'aimerais tant qu'il remporte une coupe ! Ce serait si important pour moi !

Elle se tut un instant.

– Mais je ne veux pas te forcer à faire quoi que ce soit si toi, tu ne te sens pas prête.

La mère de Lizzie venait souvent la regarder participer aux épreuves. Son père aussi, parfois. Un dimanche où ils assistaient tous deux à l'entraînement de leur fille, Mme Chapman vint les rejoindre.

– Est-ce que Lizzie va s'inscrire au concours interclub ?

– Je ne suis pas sûre qu'elle ait encore tout l'équipement nécessaire, répondit sa mère. Peut-être qu'elle ne pourra pas y aller cette année.

– Quel dommage, fit Mme Chapman. Sarah adorerait prêter quelques affaires à Lizzie mais, bien sûr, les règles stipulent qu'on ne peut concourir avec du matériel d'emprunt.

Le visage du père de Lizzie se rembrunit.

– C'est une règle un peu stricte, confia-t-il plus tard à sa femme. Pourquoi Lizzie ne pourrait-elle pas tenter sa chance à ce concours je-ne-sais-quoi si elle en a envie ?

Mme Chapman avait vraiment le don d'énerver le père de Lizzie, au point qu'il finissait toujours par vouloir entrer en compétition avec elle. C'est ainsi que, deux jours plus tard, il rentra à la maison en chantonnant, un grand sourire aux lèvres et un gros paquet sous le bras.

Lizzie était assise à la table de la cuisine et essayait de rattraper le retard accumulé dans ses devoirs.

– Ma fille, j'ai quelque chose pour toi...

Il ouvrit le paquet et en sortit une chose qui avait manifestement été taillée dans du tweed, mais d'une couleur bizarre. Il la tendit à Lizzie. C'était une veste d'équitation.

Elle se précipita pour l'essayer.

– Et regarde !

Son père sortit quelque chose d'autre du sac. C'était une bombe, couverte de la même matière vert-moutarde. Lizzie la mit sur sa tête. Elle lui tombait presque sur les yeux.

– Où est-ce que tu as bien pu dénicher ça ? demanda sa mère.

– J'avais un rendez-vous à Salisbury, alors je me suis arrêté chez le sellier sur le

chemin du retour. Trente dollars le tout ! Qu'est-ce que tu en dis ?

– J'en dis que c'est génial ! répondit Lizzie. Maintenant il ne me manque plus que les affaires pour Canaille. J'ai tout le reste. Merci, papa !

Sa mère ouvrit la bouche pour dire quelque chose, puis elle se ravisa. Elle fronça les sourcils en regardant la veste.

– Elle ne te plaît pas, maman ?

– Si, si, elle me plaît. C'est bien. C'est juste que je n'en avais encore jamais vu de cette couleur avant. La plupart des filles portent du noir ou du bleu marine, non ?

– Tant que j'ai une veste, la couleur m'est égale. Maintenant, je vais pouvoir emmener Canaille au concours interclub !

Le matin même de la compétition, quand Lizzie arriva sur le terrain, elle était bien trop épuisée pour être énervée. Elle avait passé toute la journée de la veille à laver Canaille et à nettoyer son harnachement jusqu'à ce que tout brille. Mary, qui avait quitté l'hôpital mais qui marchait encore avec des béquilles, avait sorti de ses malles un tapis de selle et une martingale*. Lizzie s'était levée à cinq heures du matin pour tresser la crinière de Canaille. Jane lui avait montré comment s'y prendre, mais c'était la première fois qu'elle devait le faire elle-même. Elle n'avait pas la moindre idée du temps que cela demandait. Quand sa mère l'appela pour le petit déjeuner, à sept heures, elle n'avait tressé que la moitié de la crinière de Canaille et elle était au bord des larmes. Sa mère l'avait aidée à finir, mais elle n'avait pas plus d'expérience en matière de coiffure pour cheval. Une fois toutes les nattes enfin tressées, elles étaient malheureusement loin d'être aussi droites et régulières qu'elles auraient dû l'être.

« En tout cas, nous n'avons encore jamais été aussi élégants, se dit Lizzie pour essayer de se remonter le moral. Canaille s'en est très bien sorti aux épreuves d'entraînement, et moi, de toute façon, je ne m'attends pas à grand-chose, alors… »

Les oreilles pointées en avant, Canaille se montrait impatient de sortir. C'était un superbe jour de printemps et, comme chaque fois qu'elle montait à cheval, Lizzie commença à se sentir le cœur léger.

Mais quand ils arrivèrent au club, elle fut complètement démoralisée. Les autres chevaux et les autres cavaliers étaient presque méconnaissables. Les cavaliers étaient si élégants, et leurs chevaux si resplendissants ! Leur crinière était séparée en petites nattes bien nettes, pas comme les grosses touffes mal coiffées de Canaille. Et certaines avaient même été tressées en damier. À côté d'eux, malgré toute la toilette qu'elle lui avait faite et tout le soin qu'elle y avait apporté, Canaille, qui avait encore sa robe d'hiver très touffue, faisait vraiment mal soigné.

À côté de l'entrée du club, il y avait un espace pour les camions. Fantasia était attachée près d'un van tout neuf.

Sarah ôtait les protections de transport du poney. Fantasia était impeccable et rayonnante, et tout ce que portait Sarah était flambant neuf.

– C'est ton van ? demanda Lizzie

– Oui, on l'a acheté la semaine dernière. Maman a dit que si je devais aller à des démonstrations, j'en aurais besoin.

– Wouah ! fit Lizzie.

– Maman ne voulait pas que je vienne à cheval aujourd'hui, parce que Fantasia aurait pu se salir, ajouta Sarah.

– Fantasia est magnifique ! Comment tu as réussi à la rendre aussi belle ?

– Nous avons passé la journée d'hier à la laver avec maman. C'est difficile avec un cheval gris.

Elle leva la tête.

– Mais comment est-ce que tu es habillée ?

– Avec une veste d'équitation, répondit Lizzie, le moral dans les chaussettes. C'est mon père qui me l'a achetée.

– Drôle de couleur ! Comme la bombe, d'ailleurs !

– Oh, de toute façon, ce n'est pas comme si j'avais la moindre chance de gagner.

– Non, c'est sûr, acquiesça Sarah.

Mme Chapman arriva, tout affairée.

– Tu devrais monter, Sarah, ça va bientôt commencer. Oh, tu as de la boue sur tes chaussures. Attends, laisse-moi te les nettoyer. Bien, maintenant tiens-toi sur cette serviette, pas sur l'herbe.

Elle était aux petits soins pour sa fille, mais finit tout de même par remarquer Lizzie.

– Bonjour, ma chérie. Ton poney est joli. La prochaine fois, tu devrais me demander de t'aider à le coiffer. Je crois que j'ai pris le coup de main maintenant. Comme c'est astucieux de la part de ta mère de t'avoir confectionné un chapeau assorti à ta veste. Je n'en avais encore jamais vu de pareil.

Le visage cramoisi, Lizzie rejoignit à cheval les autres cavaliers. Elle repensa à tout le temps qu'il lui avait fallu pour se préparer. Elle voyait bien que les autres avaient beaucoup plus de classe. Elle devait vraiment avoir l'air stupide à côté d'eux.

Mais pourquoi donc avait-elle décidé de participer à cette compétition ? Canaille était un cheval merveilleux. Ce n'était pas en portant une tenue chic qu'elle le rendrait meilleur. Elle aurait voulu être avec lui, mais chez elle, dans les paddocks, plutôt qu'à cette horrible compétition.

Une fois que les juges eurent inspecté tous les chevaux et tous les cavaliers, les concurrents se lancèrent, chacun leur tour, dans une épreuve où ils devaient passer au-dessus de barres de réglage, au trot et au petit galop. Lizzie s'y était entraînée plusieurs fois avec Jane.

– Ce n'est pas facile avec Canaille, avait reconnu Jane. L'épreuve est plutôt conçue pour les poneys et sa foulée est un peu trop longue pour les barres. Il faudra que tu le retiennes et que tu le fasses galoper très lentement, sinon il va heurter les barres et perdre des points.

Lizzie était la dernière à passer. La plupart des poneys avaient bien réussi l'épreuve. Il serait difficile de les départager. Elle savait qu'elle n'avait aucun espoir de gagner, mais elle voulait que Canaille s'en sorte bien. Elle avait tellement envie que les gens le remarquent et se rendent compte à quel point il était exceptionnel ! Alors qu'elle s'échauffait, elle aperçut son père qui venait d'arriver avec Mary. Elle se demanda si elle parviendrait jamais à remporter une coupe pour la jeune femme.

Elle entra dans la carrière et salua le juge. Puis elle commença à décrire les cercles au trot. Elle sentit que Canaille était à l'aise et elle se détendit un peu.

Mais quand il fallut partir au petit galop, ce fut une véritable catastrophe. Canaille fit une transition maladroite qui la jeta en avant, et sa bombe lui tomba sur les yeux.

Elle devait faire passer son cheval au-dessus des barres, mais elle ne voyait même plus où elles se trouvaient ! Elle leva une main pour remettre sa bombe en place, et Canaille accéléra un peu. La bombe retomba. Son cheval regarda les barres et décida qu'il s'agissait d'obstacles à sauter. Ce qu'il fit, avec agilité.

À ce moment-là, il allait assez vite et Lizzie n'y voyait toujours rien. Le virage arriva

bien plus vite qu'elle ne le pensait, et ni elle ni Canaille n'étaient alors prêts à le prendre. Sa monture fit un brusque écart et se retrouva hors du parcours.

La cloche du juge retentit. Ce qui voulait dire que Lizzie était éliminée.

La fillette était persuadée que tout le monde riait. Elle crut entendre : « Ce cheval est bien trop grand pour cette petite fille. » Puis elle entendit, cette fois distinctement, Mme Chapman qui dispensait ses commentaires à qui voulait l'entendre :

– Pauvre Lizzie ! Elle vient juste de commencer les leçons, vous savez. Je crois que c'était un peu tôt pour se mettre à la compétition.

Lizzie s'éloigna en silence, alla jusqu'à la barre d'attache* des chevaux et se laissa glisser du haut de Canaille. Elle lui enleva son filet et lui mit son licol. Puis elle commença à défaire les nattes. Sa mère vint la rejoindre et resta avec elle. Elles défirent les nattes toutes les deux pendant un bon moment sans rien dire. Sa mère finit par rompre le silence :

– C'est la faute à pas de chance, ma chérie. Tu vas bien ?

Lizzie se mit à renifler.

– Je l'ai laissé tomber. J'aurais dû le monter mieux que ça.

– Tu l'as très bien monté. Et quand il est entré dans la carrière, j'ai entendu le père d'une des filles qui disait : « Ça, c'est un beau cheval ! »

– Avec une cavalière nulle, grogna Lizzie.

– Il y aura des tas d'autres compétitions. Ce n'était que la première, après tout. Et tu viens juste de commencer l'équitation. Tu ne peux pas t'attendre à gagner tout de suite.

– Je ne m'attendais pas à gagner, dit vivement Lizzie. Je savais que je ne gagnerais pas. Moi, je n'ai pas l'équipement qu'il faut. Pas comme Sarah.

– Je ne m'y connais pas trop en chevaux, reprit doucement sa mère, mais il me semble pourtant que le plus important, ce n'est pas vraiment l'équipement.

Lizzie savait que sa mère avait raison mais, même si elle n'était pas venue pour gagner, elle aurait vraiment voulu que tout le monde puisse voir à quel point Canaille était exceptionnel.

Mary les rejoignit en boitant, suivie de près par le père de la fillette.

– Je ne savais pas que tu montais aussi bien à cheval, dit-il.

– J'ai été éliminée ! s'exclama Lizzie.

– Oui, mais jusque-là, tu avais été très bien. Et tu as tenu bon, alors que moi, je serais tombé depuis longtemps.

– C'est vrai que tu as été très bien, renchérit Mary. Et Canaille est magnifique. Je suis très fière de vous.

« Mais je n'ai pas pu te rapporter de coupe, pensa Lizzie. Et je crois que je n'y arriverai jamais. »

La proclamation des résultats eut lieu. Neuf cavaliers avaient concouru et la proclamation se faisait du dernier au vainqueur. Bien sûr, le nom de Lizzie ne fut pas mentionné dans la mesure où elle avait été éliminée. Il n'en resta finalement plus que deux. Le nom de Sarah n'avait pas encore été appelé. Lizzie observa Sarah et sa mère. Leurs visages étaient crispés par l'angoisse. Lizzie comprit à quel point il était important pour elles de gagner. Mais voulaient-elles que l'on admire Fantasia parce que c'était un beau petit cheval, ou ne pensaient-elles qu'à remporter la compétition ?

La deuxième place revint à une petite fille qui s'appelait Emma. Elle lâcha un petit rire désabusé en allant chercher sa coupe et sa plaque. Puis Sarah se présenta à cheval, avec un large sourire à présent, pour recevoir son flot* et son trophée. Lizzie courut la féliciter.

– Tu n'as vraiment pas eu de chance, lui dit Sarah. Pauvre vieux Canaille !

– Oui, mais, ce n'est pas grave… ce n'est pas comme s'il appartenait à Lizzie, dit alors Mme Chapman pour lui remonter le moral et en faisant tout le contraire. C'est déjà merveilleux que tu aies quelque chose à monter, ma chérie. Mais, dis-moi, il n'est pas un peu grand pour toi ?

« Il n'est pas trop grand pour moi ! Et ce n'est pas un pauvre vieux », pensa Lizzie en colère. Et qu'est-ce que cela pouvait bien faire qu'il ne soit pas vraiment à elle ? Avec lui, et avec Mary, ils formaient une équipe. Mais parviendrait-elle un jour à montrer aux autres à quel point il était merveilleux ?

CHAPITRE 8

– Ce n’est pas grave ! lui dit Jane plus tard. Il reste les championnats de dressage.

– Je ne sais pas si j’ai envie de concourir à nouveau, glissa Lizzie. Je n’ai pas la tenue qu’il faut et je suis juste bonne à me ridiculiser devant tout le monde.

– Avec les chevaux, tout le monde se ridiculise tôt ou tard. (Jane se mit à rire.) Je ne t’ai jamais raconté comment je suis tombée de Charlie, en plein dans la rivière ? Et devant des centaines de personnes. Alors que j’étais en tête, en plus ! (Elle se tut un instant.) Canaille est tellement bon que ce serait du gâchis de ne pas le faire participer à des concours. Tu as une chance incroyable de l'avoir. La plupart des gens donneraient un bras ou une jambe pour un cheval comme Canaille. Et tu es une cavalière-née.

Ces paroles réconfortèrent Lizzie, mais elle ne put s'empêcher de penser que sa monitrice exagérait sûrement.

Quand le programme des championnats arriva, Lizzie le regarda, impressionnée. Dessus, il y avait le nom officiel de Canaille, Chance, et son nom à elle, Elizabeth Bain. Elle montra le programme à sa mère qui fut également impressionnée. Plus tard, ce jour-là, elles prirent la voiture pour aller en ville et rendirent visite à Mary dans son petit appartement.

La jeune femme ne pouvait plus quitter des yeux le nom imprimé sur le programme.

– C'est merveilleux, dit-elle, c'est comme un rêve qui devient réalité.

Elle ramassa ses béquilles et clopina jusqu'au bureau. Elle sortit de l'un des tiroirs un petit paquet enveloppé dans du papier de soie.

– Tiens, Lizzie, dit-elle. J'ai acheté ça, il y a des années, quand je pensais encore que je ferais un jour des concours avec Canaille. Je veux que tu les prennes et que tu les portes aux championnats.

À l'intérieur, il y avait une cravate gris clair et une paire de gants d'équitation. Lizzie enfila les gants. Ils lui allaient parfaitement.

Plus tard dans la voiture, Lizzie contemplait, contrariée, les cadeaux de Mary. Elle se confia alors à sa mère.

– Le seul problème, c'est qu'ils ne vont pas vraiment avec la veste verte que papa m'a offerte.

– Je sais, répondit sa mère, et c'est pour ça que nous ne rentrons pas directement à la maison. Nous allons nous arrêter chez le sellier pour voir si nous pouvons te trouver une bombe qui soit vraiment à ta taille, et peut-être même une veste pour aller avec la cravate.

Lizzie était aux anges, mais elle n'osait pas encore y croire.

– Maman ! Mais avec quoi on va se les offrir ?

– Il m'est arrivé quelque chose d'assez incroyable, lui expliqua sa mère. Mme Chapman m'a commandé un portrait de Fantasia. Je crois que je vais me lancer dans une toute nouvelle carrière. « Peintre équestre », ça sonne bien, tu ne trouves pas ?

– Le cheval suivant, dans la carrière D, pour l'épreuve de qualification, est Chance, monté par Elizabeth Bain.

Le cœur de Lizzie fit un bond quand elle entendit son nom résonner dans les haut-parleurs, au-dessus du terrain de concours. Et celui de Canaille également. Chance. C'était si impressionnant…

« Quel beau nom, songea Lizzie. C'est vraiment une chance de l'avoir rencontré, un jour de chance si nous sommes là aujourd'hui. »

Canaille était magnifique. Lizzie avait passé une heure par jour à le brosser ces dernières semaines, jusqu'à ce que toute sa robe d'hiver disparaisse. Sa robe d'été était brillante et soyeuse, et ses balzanes blanches resplendissaient. Jane lui avait montré comment tresser sa crinière, et ses nattes, petites et impeccables, révélaient la belle courbe de son encolure. Elle le sentait à l'aise également, très léger et très réactif. Il avançait, la tête levée, et elle sentait le mouvement et l'ondulation qui venaient de son arrière-main*.

– Pour toi, je vais faire de mon mieux. C'est promis, je ne te laisserai pas tomber cette fois-ci.

Elle tapota la poche de sa nouvelle veste d'équitation, dans laquelle elle avait placé son cure-pied porte-bonheur.

Lorsque la fille qui la précédait quitta la carrière, Lizzie alla saluer les juges qui étaient assis dans la tribune. Il y en avait deux, un homme et une femme. Ils accueillirent tous les deux Lizzie avec un sourire chaleureux et lui souhaitèrent bonne chance. Elle se dirigea vers l'extrémité de la carrière et commença à faire trotter Canaille en cercle, en attendant d'entendre le signal de départ.

Elle eut l'impression que des siècles s'écoulaient avant que la cloche ne sonne. Lizzie était précisément en train de se demander si celle-ci n'avait pas déjà retenti sans qu'elle l'ait entendue, quand elle sonna vraiment. Canaille se mit au pas de son train souple et majestueux.

« Pense stop », se dit Lizzie, et Canaille s'arrêta exactement comme il le fallait, exactement où il le fallait. Elle inclina la tête pour saluer chacun des deux juges, puis repartit au trot.

L'épreuve durait à peu près six minutes. C'était une reprise* très simple, avec des mouvements en ligne droite, des voltes au trot et au petit galop, un diagonal rênes longues au pas et un au trot assis, puis un arrêt final en X*. Lizzie sentait que Canaille allait bien. Il était détendu et calme, mais ses foulées étaient cependant énergiques et il avait beaucoup d'impulsion. Les cercles parurent de belle forme et, à chaque fois qu'il fallait changer d'allure sur une marque, il le faisait pile au bon endroit.

Quand Canaille s'arrêta de nouveau, bien d'aplomb, et que Lizzie salua une nouvelle fois les juges, elle n'avait qu'une envie : lui jeter les bras autour du cou. Elle dut se contenter de le flatter gentiment en quittant la carrière. Canaille sortit à longues et souples foulées.

Il y eut une petite volée d'applaudissements, et Lizzie put distinguer son père, sa

mère, Jane et Mary dans le public. Même Neil et Scott étaient venus la voir. Elle leur adressa un grand sourire. Ils vinrent tous l'entourer quand elle ramena Canaille au van.

– Très joli, dit Jane. Je ne l'ai encore jamais vu faire aussi bien.

– Il a été merveilleux, confirma Mary.

– C'était cool ! dit Scott pour la féliciter.

– C'était fantastique ! ajouta Neil. Même si je n'y connais rien !

Sa mère l'aida à ôter la selle et la bride de Canaille. Lizzie lui donna une carotte. Puis elle lui mit enfin les bras autour de l'encolure et lui fit un gros câlin. Le cheval fourra la tête dans le creux de son épaule.

– Et si on allait voir les résultats ? proposa Jane.

– Moi, je vais rester un peu ici avec Canaille.

Lizzie ne supportait pas l'idée d'avoir à regarder le tableau d'affichage. Elle était passée dans les derniers de sa catégorie.

Sarah et Fantasia, impeccables comme d'habitude, avaient fait une belle reprise et se trouvaient pour l'instant à la deuxième place, derrière une petite fille qui paraissait très jeune et dont la mère était championne d'équitation. Lizzie savait que Canaille avait fait une belle reprise. Mais assez belle pour être bien placé ?

Tout le monde partit regarder les résultats. Seule Mary resta avec Lizzie. Elles se servirent à boire dans la glacière et s'assirent. Canaille mâchonnait son foin. Elles n'arrivaient ni l'une ni l'autre à le quitter des yeux.

– Merci, Lizzie, dit doucement Mary. Je suis heureuse de le voir heureux.

– Merci à toi de me l'avoir prêté.

Elle aurait voulu dire à la jeune femme combien elle lui était reconnaissante, mais elle avait du mal à trouver les mots justes. Et puis, Jane revenait vers elles en courant, le visage rouge d'excitation, ses yeux bleus plus vifs que jamais. Elle s'arrêta, à bout de souffle.

– Tu ferais mieux de préparer Canaille !

– Pourquoi ? demanda Lizzie.

– Parce que tu dois être prête pour la remise des prix. C'est toi qui as le plus de points sur le tableau. C'est toi qui as gagné !

Quand Lizzie, montée sur Canaille, se dirigea vers la tribune, elle aperçut Sarah juste devant elle et lança sa monture au trot pour la rattraper.

– Bien joué ! dit Sarah. C'était vraiment impressionnant !

Lizzie sortit le cure-pied de sa poche.

– Tu te souviens de la fois où nous l'avons trouvé dans la remise ? Nous ne possédions alors de poney ni l'une, ni l'autre – et maintenant, nous en avons un chacune. Même si Canaille n'est pas vraiment à moi, ajouta-t-elle très vite.

La remise des prix se déroula comme dans un rêve. Heureusement, le père de Lizzie prit une douzaine de photos sous tous les angles, sinon elle n'aurait jamais pu croire que tout cela lui était vraiment arrivé. Elle ramena Canaille à la barre d'attache, tenant sa coupe d'une main. Sarah et Fantasia suivaient avec leur flot blanc pour la troisième place. Jane apporta peu après les comptes rendus de l'épreuve. Tout le monde se rassembla pour les lire. Lizzie n'avait eu que des sept et des huit. « Très belles allures », disait un commentaire. « Très bien monté », ajoutait un autre.

– David Reid a écrit qu'il avait de très belles allures, dit Jane. Vous voyez, je vous l'avais bien dit qu'il était exceptionnel !

– Qui est David Reid ? demanda Lizzie.

– C'est l'un de tes juges. C'est un instructeur de dressage du meilleur niveau.

– Canaille, dit le père de Lizzie, je suis désolé d'avoir douté de toi. Je suis fier de toi, mon garçon.

– Et Lizzie ? demanda sa mère. Tu n'es pas fier d'elle, peut-être ?

– Elle ! Elle se contente de rester assise tout le temps ! répondit-il avec un regard malicieux. C'est Canaille qui fait tout le travail !

– N'allez pas croire cela, dit Jane. Lizzie est une bonne cavalière et elle a travaillé très dur.

– Mais je le sais bien !

Son père l'embrassa sur les deux joues.

– Bien joué ! On dirait que tu as fini par le trouver, ton truc !

– Félicitations, Jane, fit une voix derrière eux. Vos élèves ont fait du beau travail.

Lizzie reconnut le juge, David Reid.

– C'est un très beau cheval, ajouta-t-il en caressant l'encolure de Canaille. Il ne serait pas à vendre, par hasard ? Je cherche un petit cheval pour l'un de mes élèves.

– Il faudrait demander à Mary, répondit Jane. C'est à elle qu'il appartient.

Tous les Bain se tournèrent vers la jeune femme. Même le père de Lizzie avait l'air horrifié à l'idée que Canaille puisse être vendu. Lizzie était transie.

– Il n'est pas à vendre, dit Mary. Et puis,

il n'est plus vraiment à moi, maintenant. Il faut que je vous avoue que je viens juste de décider que j'allais l'offrir à Lizzie.

– Eh bien, c'est vrai qu'ils forment un beau couple, dit le juge en souriant. C'est un cheval tout à fait exceptionnel. Comment l'as-tu trouvé, Lizzie ?

Lizzie regarda Canaille, avec son flot de rubans qui ressortait sur sa belle robe baie. Elle resta un instant sans voix. Tout le monde avait enfin pu voir à quel point Canaille était exceptionnel. Et ce magnifique petit cheval allait être à elle. Elle n'avait jamais été si heureuse et souriait jusqu'aux oreilles.

– C'est ce qu'on appelle un vrai jour de chance, dit-elle enfin.

Elle prit sa coupe et l'offrit à Mary.

– Un vrai jour de Chance…

Arrêt final en X : fin d'une reprise de dressage. X est un point imaginaire situé au centre du terrain

Arrière-main : partie postérieure du cheval, comprenant les hanches, la croupe et les membres postérieurs.

Balzane : marque blanche au-dessus du sabot : elle peut être presque invisible (trace de balzane) ou très haute (balzane haut chaussée), parfois tachetée (balzane herminée).

Barre d'attache : barre horizontale, généralement en bois, où l'on attache le cheval pour le panser et le seller.

Barre de réglage : barre placée devant un obstacle pour aider le cheval à prendre son appel au bon endroit.

Carrière : espace découvert et clos où le cavalier fait travailler son cheval.

Chanfrein : partie de la tête du cheval située entre le front et les naseaux.

Concours complet : il comprend trois épreuves avec le même cheval : le dressage, le saut d'obstacles et le cross.

Diagonal : figure de manège qui consiste à traverser le terrain en biais, en « diagonale », d'un coin de la carrière à un autre.

Équarrisseur : personne chargée d'abattre et de dépecer les animaux qui ne peuvent être consommés.

Flot : décoration offerte à un cavalier quand il se classe à l'issue d'une compétition.

Indiquer le pli : attirer, à l'aide des rênes, le bout du nez du cheval du côté où l'on veut aller.

Licence : autorisation qui permet de prendre part aux compétitions des fédérations sportives. En France, il existe la Fédération Française d'Équitation (FFE).

Licol : harnachement utilisé pour attacher le cheval et le conduire en main.

Liste : marque blanche s'étendant sur le chanfrein et formant une bande ou « liste » plus ou moins large.

Maréchal-ferrant : personne qui ferre les chevaux.

Martingale : courroie du harnachement du cheval qui relie la sangle (sous le ventre de l'animal) au filet. Elle peut être fixe ou coulisser grâce à des anneaux.

Matériel de pansage : il permet de faire la toilette complète du cheval et comprend une étrille, un bouchon et une brosse douce pour la robe, un peigne pour démêler les crins et un cure-pied pour nettoyer les sabots.

Paddock : enclos destiné à la détente des chevaux pendant une compétition.

Reprise : nom donné à une leçon d'équitation ou à un ensemble de figures de manège présenté en compétition.

Robe : nom que l'on donne au pelage du cheval. Alezan : couleur qui varie du jaune d'or pâle au brun rouge. Bai : les poils sont marron avec les crins et les extrémités noirs. La robe d'hiver est plus fournie que la robe d'été.

Sellerie : pièce dans laquelle on range le matériel nécessaire pour s'occuper des chevaux (selles, filets, matériel de pansage, couvertures...).

Gillian Rubinstein est née en 1942. Diplômée de lettres à l'université d'Oxford, elle a travaillé comme critique de cinéma et éditeur d'art à Londres avant de s'installer en Australie où elle habite aujourd'hui avec son mari et ses trois enfants. C'est là qu'elle a commencé à écrire. Elle a publié à ce jour une trentaine de livres pour enfants et adolescents, qui ont été récompensés par de nombreux prix, ainsi que des pièces de théâtre et des nouvelles. Elle est désormais un auteur de renommée internationale, qui, sous le pseudonyme de Lian Hearn, a écrit la célèbre trilogie : *Le clan des Otori*.
Enfant, elle adorait les histoires de chevaux et avait toujours rêvé d'en écrire une à son tour. Chance, le héros de cette histoire, a vraiment existé. Il s'agit du cheval que sa fille Suzy a monté pendant trois ans et grâce auquel elle a remporté plusieurs compétitions.

Rozier-Gaudriault (Jacques Rozier et Monique Gaudriault) ont suivi les cours de l'École des Métiers d'Art et travaillent ensemble à l'illustration de livres pour enfants. Aux Éditions Gallimard Jeunesse, ils ont réalisé de nombreuses couvertures pour la collection Folio Junior.
Ils ont également illustré plusieurs livres pour la collection « Mes premières découvertes » et *Heidi* dans la collection « Chefs-d'œuvre universels ».